「寒いね」と話しかければ「寒いね」と
答える人のいるあたたかさ

「この味がいいね」と君が言ったから
七月六日はサラダ記念日

ハンバーガーショップの席を立ち上がる

sarada kinenbi

沙拉纪念日

〔日〕俵万智 著
曹曼 译

サラダ記念日

tawara machi

沙拉纪念日

サラダ記念日

sarada kinenbi

〔日〕俵万智 著

曹曼 译

tawara machi

北京联合出版公司
Beijing United Publishing Co.,Ltd.

图书在版编目（CIP）数据

沙拉纪念日 /（日）俵万智著；曹曼译. -- 北京：北京联合出版公司，2025.6. -- ISBN 978-7-5596-8306-9

Ⅰ．I313.25

中国国家版本馆 CIP 数据核字第 2025F0P912 号

北京市版权局著作权合同登记　图字：01-2025-0360 号

SARADA KINENBI
by Machi Tawara
Copyright © 1987 Machi Tawara
Original Japanese edition published by KAWADE SHOBO SHINSHA Ltd. Publishers
All rights reserved.
Chinese (in Simplified character only) translation copyright © 2025 by Beijing Metabooks Publishing Consulting Co., Ltd.
Chinese (in Simplified character only) translation rights arranged with
KAWADE SHOBO SHINSHA Ltd. Publishers through BARDON CHINESE CREATIVE AGENCY LIMITED, Hong Kong.

沙拉纪念日

作　　者：（日）俵万智
译　　者：曹　曼
出 品 人：赵红仕
责任编辑：孙志文
选题策划：万有清澄
产品监制：于　桐
封面绘图：芥末侠
装帧设计：林　林
内文排版：书情文化

北京联合出版公司出版
（北京市西城区德外大街 83 号楼 9 层　100088）
北京美图印务有限公司印刷　新华书店经销
字数 80 千字　787 毫米 ×1092 毫米　1/32　5.5 印张
2025 年 6 月第 1 版　2025 年 6 月第 1 次印刷
ISBN 978-7-5596-8306-9
定价：45.00 元

版权所有，侵权必究
未经书面许可，不得以任何方式转载、复制、翻印本书部分或全部内容。
本书若有质量问题，请与本公司图书销售中心联系调换。电话：（010）64258472

目 录

八月清晨　　1
棒球比赛　　19
早晨的领带　37
化身成风　　42
夏天的船　　58
早安电话　　72
桥本高校　　83
等待的游戏　93
沙拉纪念日　106

黄昏小巷　　117
左右对称的我　120
保重　　　　135
爵士音乐会　　145
小巷里的猫　　150
总是两杯美式　161
作者后记　　　166

八月清晨

沿海岸飞驰前
选定这一首
你爱听的《加州旅馆》

蓝天碧海
你冲浪
我看你

沙滩午餐
无法不去在意
被冷落的鸡蛋三明治

并肩倚墙晒太阳

平行线

你的腿

我的腿

在九十九里滨♪

认认真真拍照

即使以后会清理掉

并排躺在海滩

想实现的

想得到的

还有吗

♪　九十九里滨：位于日本千叶县的知名海滩，以海浪温和、海滩绵延著称，是日本最佳的冲浪地点之一。

圆圆的太阳
像再也无法承受自己的体重
一步步坠落

九十九里滨的橙色天空
紧挨着
单色的你

波浪靠近又远去
趁着这温柔
你随时可以说分离

我们相对却无言
沙滩上
线香花火
燃尽坠地

　　　　　　你试图打破沉默
　　　　　　字斟句酌
　　　　　　这一瞬的我
　　　　　　满心欢喜

　　　　　　　　　　你的左手
　　　　　　　　　　抚过我每一根手指
　　　　　　　　　　每一下
　　　　　　　　　　是爱吗

即使草帽陷进去一块
收纳时也不打算复原
这是回忆的一部分

"随时打给我!"
你刚放下电话
我又想打给你了

"抱歉噢!"
每次用对朋友的语气
婉拒父亲
父亲只是望着茶杯出神

进了试衣间才发现
抱进来的衣服
全都有你喜欢的花纹

  东急百货的购物袋
  应该再大一点
  心情也好一点点丰盛起来

有一种幸福
名叫
午后四点蔬果店门口思考晚餐

我们相见
确认心意
从此周围皆黯淡
你是全部的风景

周六
你终于要来了
女人靠吞噬时间
维持生命

夜间球场
亮如白昼
我们走近
雀跃起来

支持的鲤鱼队♪面临危机

但因为是倚着你观战

竟然有点开心

不经意看到你点生啤时扬起的手

忍不住又看了一眼

又看了一眼

一年短暂

一天漫长

生日这天

我想

♪　鲤鱼队是广岛的职业棒球队。广岛是作者的故乡。

玫瑰不知道自己
已被我用四百日元买下
还在无辜绽放

"再给我打过来！""等着！"
一直一直
用命令的语气表达爱的你

仰头凝视飘落的雨
保持姿势
突然
渴望你的吻

躲雨冲进路边摊
点杯清酒
快意人生

"太太"
小摊的老板娘招呼着
好吧
暂时当一会儿你的"太太"

在杂货店
给你买了牙刷
像玩过家家

我所期待的温暖

是当我说"好冷呀"的时候

有人也回应"好冷呀"

渴望用一生去爱

可"爱只在虚实之间"♪

这种说法让人寂寞

每次路过

一直写着"此折扣只限今日"的店

都能看见那件红色衬衫

♪ 日本江户时代歌舞伎脚本、净琉璃唱词作家近松门左卫门提出的"虚实皮膜论",艺术位于生活真实与艺术虚构的皮膜之间,似虚非虚,似实非实,在这两者之间,就产生了艺术的享受。

一想到
你喜欢吃汤豆腐
立刻买下
小砂锅

　　　　　没人住的家
　　　　　林立的展台
　　　　　大波斯菊
　　　　　随风摇曳

　　　　　　　　接起电话
　　　　　　　　沉醉于
　　　　　　　　深夜有人想念的幸福

星期三
你像往常一样说"ByeBye"
什么都没变
却总觉得有微妙改变

想信你
却又担心
刚星期四
就穿颜色轻薄的 T 恤

响不停的铃声
宣告着你不在
此刻你跟谁共饮
此刻谁同你微醺

没准你也在听同一个广播
正笑着的我
立刻关掉

"怎么都行!"
不知道你具体要怎么
却已经点起了头

迷迷糊糊但很快乐
这样就挺好
或者也不一定
我究竟是谁

尽管还看着同样的东西
你和我之间要结束了
就在这个午后

"等我五年吧!"
咖啡馆里
对我说话的男人不是你

Heartbreak Hotel ♪
是你曾经唱
晚霞里的你
发着光

♪　*Heartbreak Hotel*（《伤心旅馆》）是"猫王"Elvis Presley 的歌

还记得吗
八月清晨
你把我诱拐
大踩油门离开

想把男人甩掉
就像在汉堡店
吃完离开那样

男人是存在店里的酒
今日正式到期
愉快的大晴天

"只当情人也没关系"♪
有歌手这么唱
胆子真大

再也不用等你了
从此万里无云的周六
和下雨的周二
没有任何差别

♪　歌手是邓丽君，唱的是日文版《爱人》

棒球比赛

是冬天了
裹上宽松的绿毛衣
就像被你拥入怀抱

周日早晨在家
怀着一决胜负的心情煮两枚鸡蛋
若有若无的柑橘香

对镜检查流泪的脸
因为突然想起
你希望我随时都漂亮

一句冷漠的话
比十句告白
更难忘

晚霞布满天空
你穿皮衣骑摩托而来
我出来迎接你
我的骑士

"不信你，却爱你"
在写着这句话的纸上用力画线
几乎要把纸划破

跟你一起吃平价寿司
居然品出无上美味
这一定是恋爱的滋味

在拥挤的电车被你守护
脸上的汗毛
历历在目

风吕屋♪的"掏耳套装"
总是摆出三个并排售卖
每次看都是这样

♪　风吕屋：日式公共澡堂。

跟你一起也有不好
身为女人的我
在意自己漱口时的呼噜噜

　　　无论如何都想看海
　　　于是你和我
　　　十二月份坐上"浪漫号"

　　江之岛一日游
　　考虑到彼此前途
　　还是不拍照为好

可以稳稳接住飞盘
却不曾稳稳接住我的深情
为你伤悲

                向大海扔石子的年轻人
                没有看我
                却传来无依无靠的阴郁

                为我剥牡蛎
                手指渗出细密的红
                那是爱的颜色

你不相信承诺

也不愿意将沙子堆砌的城堡

建在海浪触不到的地方

年轻人第一次叫我"万智酱"

语气里闪过一丝迟疑

我爱这个瞬间

海风吹来你的味道

深陷其中的我

瞬间变成小贝壳

"当我老婆吧!"
喝了两罐酒之后的话
算不算数呢

    你枕在我膝上
    宛若孩童
    呼吸渐渐沉重

下午五点半的富士山
见证了
我们漫步沙滩的热吻

你宣称
"为了在海边跑步而生!"
我想变成你出生的那片海

"我去摸摸冬天的海。"
说完就走起来
空留你的注视
在身后填满沙滩

凌晨
表盘的长短针重合
归途
一丝爱也未曾接收

你不要忘记

我们一起埋进沙滩里

飞机折断的机翼

一加一等于二

如是的寂寞层层叠加

十二月来临

黄昏读《相闻歌》♪

每首都有切肤之感

画满了共鸣的圆圈

♪　相闻歌:《万叶集》里人们互相表达情感的歌,以男女互诉衷肠题材为多。与杂歌、挽歌并列。

用你的梳子梳头
飘来的男人气息
也算乐趣之一

等你来的清晨
总想检查闹钟
四点
五点半
六点

你宣布"我决定就这么瞎晃到三十岁"
在你的眼中
我是什么呢

黄昏
突然想知道
曾跟你一起住在这里的女生
头发有多长

"冷不冷?"
总是玩世不恭的你
依偎起来像背靠大树一样心安

凌晨两点
人行横道酣睡在
出租车的河流中

"今天澡堂没开门呢。"
像这样日常的话
想每天都跟你说

明知只爱我一个的男人很无聊
却依然盼望着
你就是这样

"今天是我们认识的第五百天。"
你用小小的声音说
我"哇!"的一声跳起来

人在东京
孤单像是
母亲在的故乡
飘来的雪

　　　　　二月初
　　　　　未来两个月
　　　　　回忆的开始

只有爱情是活不下去的
不知为何
这个道理总是女人先懂

大概是最后一次了吧

在横滨中华街

买笑脸状的炸菓子

每天早晨都准备好分手

忍着眼泪

准备蛋包饭

情人节见不到你

一整天宛如斋宫♪

~~~~~~~~~~

♪　斋宫是侍奉伊势神宫神灵的皇族女性。通常由未婚的内亲王担任。要求任期内身心均奉献给神明,绝对不可涉及情事。

意识到
是第一次接吻的夜
"啪"的一声
扣上日记

即将成为过去的我
还被你抱在怀里
弥生♪三月
分手时节

和你一起欣赏
毫不期盼春天的梅
迟到三月才开

♪　弥生是三月的别称，取"花草树木开始生长、繁茂"之意。

午后
棒球玩得起劲的两人
一句话都说不出口

    满垒　出局
    就像面对人生大事
    你摆出紧绷的姿势

一上一下的直梯
竟与你擦肩而过
感恩瞬间

春风吹向直冲天空的电线杆

不会盛开

亦不会凋零

                    把一盆"新娘面纱花"

                    吊在窗边

                    我的青春忌

早晨的领带

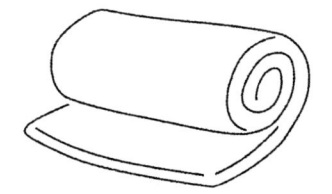

想亲眼看到
东北的博物馆里刻了父亲的名字♪
我启程了

曾是"世界最强"的
父亲的磁铁
塞满了架子

周一早晨
磁性材料研究所长
挑选领带

♪ 作者父亲俵好夫是研究稀土磁铁的著名物理学家,于20世纪70年代发明的钐钴磁铁是世界上最强的磁铁,后来被钕磁铁取代。"东北的博物馆"指日本东北大学综合学术博物馆。

与稀土磁铁
同呼吸共命运的父亲
喜欢莫迪利亚尼画里的女人

"还在写恋爱短歌吗?"
父亲问
像关心
又像担心

印有公司名称的信封
装着
伴手礼赞岐乌冬

管妻子叫"妈妈"
这种不假思索
是一种温馨

      有个男人
      总在用毛巾擦脸时
      "啊"地冲我露出脸

把电话听筒稍稍放远
开始喝茶
用一种"我才没在听"的姿态

父亲这代人

不擅长表达

却可被原谅

化身成风

打开信纸

扑面而来满满的爱

盖上邮戳

将爱封印在那一刻

    写毕

    贴邮票

    启动计时

    等待的日子

        今天的邮筒

        依然刷着代表等待的颜色

        杵在原地

        一动不动

周六有自己的安排很正常
我装作没看见
急忙出去的你

拒绝了四个邀约的周日
什么也不做的独处时间

想管你叫无赖
又看到你如
少年晴空般纯真

与你并排

飘飘然在春天里散步

希望被人看到的午后

不知道筹备什么

也没有什么目标

竟然也顺顺利利

糊弄到现在

闭上眼睛

啤酒杯挡着脸

看都不看我

你在渴望什么

再有两个小时
我就变回灰姑娘了
你却依然大聊核战争

　　　　　　　你说的核战争
　　　　　　　结束之后
　　　　　　　要不要和我一起化成水

"你也有什么话想对我说吧！"
被你这么一问
我好像真有什么话想说

梅雨暂晴

有人收旧报纸

如果回忆也能换一包纸巾就好了

周四下午

想在你的地盘弄出点动静

打了好几回电话

你说

"我打算活到三十岁就去死"

那么

我也只活到那一刻

时速八十公里
在你背后化身成风
只有攥紧的手
留在现实

    胸口残留着
    去年的比基尼晒痕
    耳边又响起
    大海的呼唤

花一匆♪
"想要小万智！"
听到你叫我
只想让我的心跟你走

♪ 花一匆是小孩玩的猜拳选人游戏，两组对峙，以"想要某某"的方式喊出对家某个人的名字，进行猜拳，输了的话被点名的人要加入赢的队伍。

人生只有八十年
二十一岁的我
为何总是拒绝一切

我
三百六十五面的合体
粉碎迸裂
全都消失

"再打给你"
明明没有再打的意思
只想用甜甜的声音报复

太阳升高
天空湛蓝
秋天来了
马上要失去你了

    也有一门心思爱我的人呀
    只不过
    爱的是那个像我但不是我的我

你说
如果二十九岁还没找到结婚对象
记得联系

朋友结婚后
宛若来自另一个星球
原本姓前田
现在姓石井

    有人告诉我低血压的危害
    可信度
    排在星座后面

    一天宣告结束
    指尖上的隐形眼镜
    有些模糊

其实你什么都看到了吧
我对着小小的圆圆的隐形眼镜
喃喃自语

                      就像能洗掉看到的污浊一样
                      我使劲冲洗着隐形眼镜

                      买了印满祝福的生日卡
                      聒噪的文字可以填满我的空白

在干吗?
在想什么?
如果总是追问
恋爱便已名存实亡

虽然是直邮广告
但是收件人是我
记一个开心的秋日黄昏

你喝多了
我一边从话语里计算醉意
一边继续等你电话

电话里的长音提示我你不在
不在也是一种线索
我认认真真听完

为了你
在一片空白的日程手账
用铅笔写下计划

连一点爱都接不住
我狠狠嚼着
煮过头的西蓝花

和你在一起
就像
养了一盆欧芹

横滨港见丘公园
看得到海港
我们看起来
像不像恋人

在街头看默剧
与演员四目相对
过了很久

凡·高画展
看了一路镜子里反射的
自己的脸

你说自从那天起
换了一种方式生活
我却完全不记得
有那一天

某个黄昏
希望你我变成人体模型
只有一个记号
"人"

广告说
想吃又想瘦
我呀
想被爱又不想付出

把音量调到最大
南方之星♪
每一首都在哭泣

♪　南方之星，Southern All Stars，日本摇滚乐团的名字，主唱为桑田佳佑，代表作之一是《盛夏的果实》。

夏天的船

就像大地渐渐清醒

夏天的船儿

缓缓起航

五彩纸带被风吹断

我在夏天

乘坐"鉴真丸"♪去上海

深蓝的东海

只有天空

只有海浪

♪ 在日本,特别是运输船只的名称中,"丸"常被用作后缀,体现了对船只的珍爱和重视。

大海无言
又好似告诉我
至今说的所有谎言都可以一笔勾销

  甲板上
  风从四面八方吹来
  此时此刻
  谁来搭话都不想理

      船舱窗外所有大大小小的岛
      居然都有自己的名字
      神奇

吃饭时倒杯啤酒
泡沫翻腾
杯子里的东海

　　　　焦糖牛奶色的长江
　　　　陆地挥舞着
　　　　呼唤我的风

　　　　　　穿着古装舞蹈的中国少女
　　　　　　宛如没有风起的盛夏

"车辆绕行!"
自行车纵横交错
街道翻修正兴旺
熙熙攘攘的上海

        装满青岛啤酒的卡车
        在十字路口转弯时叮当作响
        这就是上海

        一天洗了两次衣服
        西安
        以后会思念的城市

离开日本第七天
突然惦记
联盟冠军争夺赛

在西安
看摇摆的狗尾草
就像在故乡
望着农田

向日葵的金黄
点缀着小道
通往丝绸之路

几百件兵马俑
就这么思考着
站立着
沉睡着

    看到杨贵妃的住所
    无比渴望出现一个男人
    为我圈地建城

    盛夏的黄河
    潺潺涟漪
    像小孩子的呼吸

观察朴夫妇三天
夫妻更多似恋人

    留意朴夫人是否不悦的
    并排走路的
    朴先生和我

风吹过
乾陵顶
和
马赛克一样蔓延的稻田

这座城市
所有的水果都有点酸
早晨的风啊
始于西安

伴着初升的太阳
大雁塔矗立依然
再见了西安

平原无边
像是在讥讽日本的语言
我望得有点疲倦

在华北平原面前
挂着护照的俵万智
渺小到可有可无

在洛阳
涂了防晒霜的脸
像米粒一样反着光

"两个一元!"
兜售纪念品的中国少女
雷雨一样汹涌而来

买了卷轴

买了拓本

在日本从来不想要

      在树荫下等车

      恍惚间记起

      前世曾造访洛阳

            洛阳有"香蕉苹果"

            是一种苹果

            卖苹果的少年腿真长

列车把大地
甩到往西再往西的身后
眼睛想看海
于是没必要睁开

　　　　　土色汗渍的卧铺车厢
　　　　　听到警笛
　　　　　如同尖叫

　　　　　　　蝉鸣听得眼花
　　　　　　　身在竹林
　　　　　　　化为其中一根

把手绢放在膝盖上
杭州真热
热得四四方方

    远远望见钱塘江大桥
    绿色的列车
    把风切开

      不知何时
      开始叫我"万酱"
      有小王
      还有小蒋

曾穿着这件 T 恤看长江

如今穿着它

在东京的街道乱逛

早安电话

早安电话前
以狮王牙膏的泡沫
开启一天

去有你等待的新宿
摇摇晃晃的小田急线♪
就是我的丝绸之路

屋顶上的樱桃
飘着似有若无的酸香
比任何时候都惹人爱

♪ "小田急线"以及后文中的"山手线"均为日本铁路线路名称。

有人觉得我看表的姿势可爱
因为想到了一个字
"静"

    偷偷穿上残留你香味的夹克
    摆了一个
    詹姆斯·邦德的动作

"人生还是多点戏剧性比较好！"
听完
我决定做你戏剧性的配角

早晨

听着 Downtown Boy

喝牛奶

想见你

  人潮拥挤

  嘴角上扬

  因为突然想起了你讲的笑话

    像从未见过的大海一样诱人

    我在手账里兴奋写下

    "九十九里滨"

现在离黄昏还早
公园里孕妇在散步
姿态很美

      如果明天不会来
      我愿整夜不睡
      陪你聊到时间尽头

是什么鸟呢？
五月一早
不断用"赛高♪——""赛高——"叫人起床

♪ "赛高"保留日语读音直译，是"太棒了"的意思。

二十岁的五月
觉得"母性"两个字
只是一个抽象词

就像瓦伦西亚橙被压碎
变成带果粒的百分百果汁

去买面包和啤酒
穿着便鞋肩并肩
记一个周日早晨

12
温柔的数字
为深夜听到你声音而生

        比往常早了一分钟到车站
        这一分钟用来想念你

店铺柜台摆满酒酿馒头
每天早晨路过
放松随之而来

旧历十六日的晚上
维系你我的某些东西
突然断开

不会有新的恋情吧
傍晚突然自言自语
明知祈祷也不会有

雕刻之森美术馆
和你一起看过名为《蓝帽女孩》的画
女孩至今低着头

一周没见
反复煮的萝卜
入味得过了头

     海滨小酒馆
     老板娘的人生感悟
     沁人肠胃

  和你一起看电影
  画面有关爱情
  主角都像你

打过早安电话
举着法棍上楼
每步都比平时多跨一阶

      左手写字时的你是蓝色的
      摘眼镜时的你是浅绿色的

      爱我
      不爱我
      如果花瓣的数量真的能决定爱情就好了

小春日和
早稻田大街
叫卖人♪敲锣打鼓走远
仿佛喊着"别看我别看我"

♪　叫卖人：扮上某种扮相敲锣打鼓为某个店做广告宣传的人。

桥本高校

神奈川县立桥本高校
学生们管小万智叫老师的地方

   教室里
   有我
   和九十二双填满我每分每秒的眼睛

吾大、克二、健一、秀明
每个人都有自己的名字
我高声点名

水手服少女们

脚步匆匆

像是已经让人等待许久

在黑板上

写"青春"

莫名感觉

横线真多

终于记住了每个孩子的名字

他们的答卷

也开始有了各自的表情

写板书
歇歇手的瞬间
思念了你几秒

登上讲台
意味着
发型和腰围
都会成为学生们的话题

花名册、深蓝外套
全都往天上一扔
周末做回可爱女人

摇晃的通勤电车
议论老师的女学生们
残酷无情

　　　　　　磨墨时有个念头突然浮现
　　　　　　像反击一样
　　　　　　磨得更起劲

　　　　　　　　　　　盛夏
　　　　　　　　　　躲在教室一角
　　　　　　　　　　誊写"雪"和"火"

带着绝不返笔的决心描红

比起墨水

更在意黑色笔触

        想要忘记的东西太多

        六月

        我摆上玻璃镇纸

        洗笔时墨汁晕开

        关注着

        不规则的流线

听到这曲《小巷少年》
不由得开始想象
少年时代的你

用二十分钟了解
薄命诗人的一生
然后
登上讲台

提问"徒劳"对应汉字
学生脱口而出
"生徒♪的徒、苦劳的劳"

~~~~~~~~~~
♪ "生徒"在日语里是"学生"的意思。

八月三十一日的夜晚
给母亲写
长长的长长的信

花八十日元买新橡皮
换手表腕带
迎接第二学期

在走廊遇到学生
打招呼有点羞涩
今日开始新学期

当"喔唷?!"变成流行语
用喔唷喔唷
就可以完成教室里的所有交流

    监考中
    窗边明亮的
    只有"西友"的广告牌

任由洗发水的香味飘散
微积分
也随之解开

一边监考一边想象
这些孩子的母亲
怀孕时的模样

    父母宣称是自己把孩子抚养大
    可农田里的西红柿
    总是自己变红

    数学测验
    我在监考
    女生监视我

等待的游戏

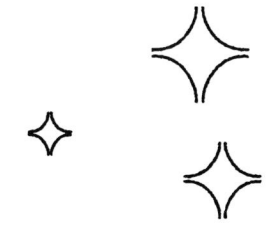

想变成"奇妙仙子"♪抱着你
于是穿上了珍珠粉平底鞋

　　　　　送你出门
　　　　　回来发现牙膏上
　　　　　出现一处新凹痕

阳光下
与你分吃初夏的西红柿
表皮吹弹可破

♪　奇妙仙子是迪士尼动画片里的 Tinker Bell，又译作"叮当小仙女"。

因为是第二被爱的女人
所以只能是你的"情人类型"

"赶紧找个好人结婚!"
永远不会娶我的男人
总是这么说

下午
有着各自等待的人
聊着埼玉西武狮棒球队
道别

"喏"你递过戒指
"嗯"我接住
就像接过一颗糖

    即将把我抛弃的人
    此刻正在夕阳下
    认真为我拍照

察觉到我在哭
我有点意外
于是决定
悄悄结束这段恋情

逐渐冰冷的心
终于有一点点回温
在这分手的时刻

始终没有抬头
虽然满月
就在我们背后

黎明破晓前
在东京街角的自动贩卖机
买两罐可乐

也许她也在目送着你

我望着天空

天空出现了她的名字

    不知不觉

    来到城西的山丘

    冲着阳光大厦♪挥手

双手捧着非洲菊

高高举起

你最爱的是谁

♪ 东京池袋阳光大厦曾是日本第一座摩天大楼。

终于理解了
狭野茅上娘♪
痴痴等待的悲哀

      油菜花开的梅雨天
      来到语调温软的他乡
      一个人走
      一个人的慢镜头

      煮了三颗栗子
      过着一个人的秋天
      感受着你在的遥远的海

♪ 奈良时代一位地位较低的宫女,《万叶集》收录了她一首表达对流亡丈夫思念之情的和歌。

街头占卜师
悄声对我说
最近有结婚的征兆

    秋夜
    想谈一场小小恋爱
    阳台上
    欧芹开始泛黄

早晨
总是一个人吃饭
所以在桌上
摆一盆袖珍椰子

叹气也没用
只好把火腿
切得更厚

    早晨仙客来开花
    昂首挺胸
    我好像有些许预感
    又什么都无

    回忆
    就像脱水蔬菜
    只可冷藏
    严禁解冻

无法追随
说走就走的男人
我的日常
按部就班

    航空件
    漂洋过海
    来到手心
    充满爱的小小奇迹

恋爱了
真寂寞
十二月的《铃儿响叮当》
都传不到心里

即便装扮成古典娃娃
依然有掩盖不了的污浊

　　　　　为了熬过
　　　　　没有约会的一天
　　　　　跟自己玩起了
　　　　　等待的游戏

　　　　　　　是谁的哭声如此寂寞
　　　　　　　我回过头
　　　　　　　原来是热水壶
　　　　　　　吱吱作响

八五年恋爱时
住进的房子
如今只剩我
和那盆万年青

　　"藏红花开了"
　　忽然很想给谁写封信
　　就以这个开头

从色彩热烈的国度
寄来明信片
看着它
像是回到了梦里

阳台渐渐染成茜红

山苏花[2]悄悄长出第二片新叶

宣告着春天

        餐桌上的咖啡

        香气四溢

        只靠爱活着的人生

        不要再提

♪　山苏花不开花，是一种蕨类植物。

沙拉纪念日

沙沙雨声中
你的伞
渐渐消失不见

踏上旅途的
总是男人
留给女人
酷酷的背影

一年之后
我的侧脸
会面向哪里
会看向谁

突然想起
你的手你的背你的气息
你刚脱下的白袜子

    想参加印度果阿的节日典礼
    但这里是日本
    大和国

站在地铁的出口
才想起
已经没有来接我的人

我在等谁

在等什么

"等"

已经变成默认

    店门口

    百无聊赖的西红柿

    一小堆

    卖一百日元

蚕豆

像音符一样散落

厨房

给了我些许安慰

成为母亲
叠好吸满阳光的被褥
我
不会拥有这样的时光

   水底的石头
   应该有成千上万种说法
   形容流逝的河水

    春天即将结束
    舔着方糖
    把二十二岁的衬衫
    脱下甩开

橄榄球飞来飞去
享受着
被人抢夺的喜悦

　　　　　亚麻短裙
　　　　　冰咖啡
　　　　　决定停止爱你的初夏

梦里攀爬
忽高忽低的石阶
怎么也
对不上节奏

毫无爱心的奇怪生物
我
居然跑去献血

   取出隐形眼镜
   眨眨眼睛
   小万智
   终于独自一人

我手将我心
努力抛向天空
明天请务必是好天气

预感着
今天肯定会发生什么
一早就把
走快的表调回正确时间

　　　　　乘坐每站都停的慢车去新宿
　　　　　只为充分享受
　　　　　即将与你相见的时间

故事已经启动
我捏着车票
中途下车
余程无效

在出站口等待
时间是积木
搭建在脑海

    你从公司赶来见我
    肩膀上的黄色走线
    男人勋章一样耀眼

夜间棒球比赛
任由晚风拂面
你的侧脸
颜色被衬成葡萄柚一般

登上末班电车
把想跟你一起待到明天的不舍
留在站台

收到出差地酒店寄来的明信片
就像
不在场证明的照片

从你的棉衬衫
取出手绢
就像一只蝴蝶
翩然来到夏天

"味道不错哦!"
你冲我说
以后七月六日就是我们的沙拉纪念日

    烤面包的香气
    悄悄把房间
    推向夏天

把洗好的白衬衫
拍打拉扯晾晒
心也一样被抚平
阳光穿透过来

黄昏小巷

宛如晚霞燃烧的速度

肉铺里头

炸起可乐饼

    白菜绑着红丝带

    挤眉弄眼

    在店门口并排

鱼店突然闪现的红

发光的鲷鱼

少女的手指

青豆罐头
半夜发出低语
"打开!打开!"

                白菜在五百日元的浅蓝里笑
                这里就是"黄昏小巷"

左右对称的我

刚决定今后就待在老家
闭上眼又听见一个小小声音在说
"不妥，不妥"

     迷茫的时候时间在流逝
     后悔的时候时间也在流逝
     以暗淡的红褐色

展开两个选项
把身体摆成"大"字
左右对称的我

和母亲一起烤面包
香气推开记忆之门
回到往昔盛夏白昼

离家那天父亲喃喃
不是"要出发啦？"
而是"又不在啦？"

返回东京的早上
母亲更显苍老
像已提前过完
未来见不到的岁月

像是出门买东西一样
说了一声"走啦!"
丢下母亲进了福井车站

  阳光下顿悟
  "和平"的"平"
  就是"平凡"的"平"
  我忽略了什么呢

马上要成为
这条街道的居民
于是决定
去买如油菜花一样耀眼的黄色拖鞋

邻居像在晒被子
窗子推开
拍打出一个春天

　　　山手线
　　　吐出一整天的疲惫
　　　接着载上乘客
　　　和夕阳一起被吞没

"第一次光临吗?"
已经给我剪过三次头发的理发师问
我坐下来

对独居生活来说不算事件
右手托起早已腐烂的柠檬

夜晚
邻居电话响不停
而我
像被所有人遗忘

任凭花盆里的土干燥
整整三天
复仇一般

母亲打来长途电话
聊青紫苏和西红柿
成长的细节

      为了看
      出镜五分钟的我
      买下
      一整套录影设备

猛然回头寻找熟悉的味道
明知你
不可能来家乡的夏日庙会

准备听人劝不再谈恋爱
却又准备了短歌
给自己当嫁妆

　　　你说东　我说西
　　　这种风格的母女对话
　　　对亲子关系太有安全感

有时候我怀疑
妈妈是女儿
女儿是妈妈
骨肉相连

和还没有找到初恋的弟弟

去看电影

希望自己天生丽质

弟弟终于到了

听我挚爱的乐队

南方之星

的年纪

母亲的伞

红红的

从二楼往下看

如同岩崎千弘♪的画

~~~~~~~~~~

♪　日本知名女性绘本画家。

走进院子
拧一颗早晨的西红柿
深深确认
身处家乡

　　　　　哧溜一下脱掉 T 恤
　　　　却发现自己
　　　　已陷入母亲的温柔注视

和母亲一起捏稻荷寿司
这个夏天的终止
如同咀嚼火麻仁

抱了抱
喜欢巧克力巴菲的弟弟
再次踏上离乡旅途

有人送我柿子
亮着灯的一人居
也是柿子的颜色

真是麻烦
今天必须收拾好
母亲给的松茸

寒风萧瑟

电话费也跟着上涨

冬天总是冷到心里

    母亲极力推荐

    yuskin A

    一款护手霜

用带有日期限制的周游券

回家探亲

故乡就在中途下车的地方

在公交车站
遇到一位翩翩少年
礼貌地说着家乡方言

　　　　　雪地上互相追逐
　　　　　孩子们的短靴宛如彩色糖豆
　　　　　撒在故乡

　　　　　　　　聊天没有什么特别的
　　　　　　　　笑容也没有什么特别的
　　　　　　　　就因为没什么特别的
　　　　　　　　才特别喜欢故乡

当母女关系
变成两个女人的关系
女儿就到了
想嫁人的年纪

炒着银杏果
感受着
家人团聚的
温暖宇宙

看着贺年卡的落款
将寄信人分类
今年要结束了

就在除夕夜
就在自己的家
向母亲抱怨
没有我的牙刷

    翻找单身公寓的邮筒
    已经
    摆出一副东京的面孔

    一月
    水仙低头正窈窕
    突然会想念家乡

保重

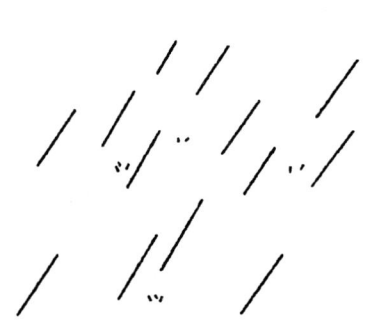

雨中球场
球门相对矗立
像在酝酿着什么

　　　　　樱花开
　　　　　樱花落
　　　　　公园
　　　　　无动于衷

生硬地超过共打一把伞的情侣
鸡毛蒜皮的小事居然聊得那么起劲

擦肩而过时
彼此点头致意
是水果店的小哥

　　　紫阳花
　　　颜色最淡的一簇
　　　承载着
　　　我的思念

　　　　　　边炒洋葱
　　　　　　边等着你打来电话
　　　　　　直到炒出刚刚好的香味

买了新上市的沐浴露
黄昏就变得为沐浴而生

    想被你全心全意爱着
    六月时光飞逝
    凉鞋　紫阳花

约好周六晚上六点见面
周一早晨是周六的序章

已经等了一个小时
买来焦糖巧克力
决定等你最后五分钟

周六居然穿着帆布鞋来约会
这位上班族
实属迷之生物

买衬衫时
比起白色
更想选橙色
恋爱的心情

你一口气吃完了蛋包饭

我赶紧记下

"他喜欢加番茄酱。"

                    你没有吃蟹肉沙拉里的芦笋

                    这是我今晚另一个重大发现

你跟我讲着

工作上的事迹

我只听懂了

你值得依赖

偶尔吸一支"七星"
也无乐趣也无烟

西餐厅端上来
你的炸虾和我的炸虾
尾巴并排

虽然表达了爱意
还是要在安全区
再待几天

我的朋友
做了超麻烦的奶油可乐饼
好吧
只能说还是新婚

"当个普通女孩吧!"
正吃着超辣小零食
冷不防听见有人说

超市货架上
一天天熟透的西红柿
比冰柜里的冷冻蔬菜
更可怜

两个人的咖啡时光

像出门忘带手帕的一天

忐忑不安

车站工作人员

说了声"辛苦!"

内心的疲累

也悄悄传递

盯着电子手表

盼望

723 变成 724 的瞬间♪

~~~~~~~~~~

♪ "723"音同"什么","724"音同"什么呀"。

在麦当劳的角落
给你写最后一封信
以"保重!"结尾

        越过这个小山丘
        就是直通大海的路
        无视黄色信号灯
        快速跑过

爵士音乐会

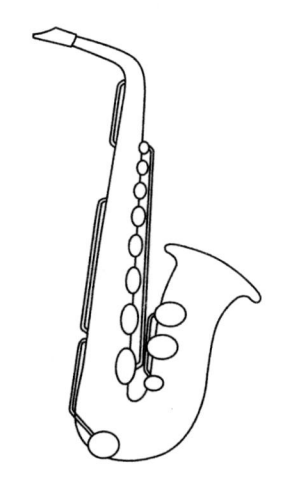

弹吉他的男人低声吟唱
音符和旋律倾泻满堂
爵士乐
就是这样

    侧身
    有节奏挥舞的鼓棒
    消失得无影无踪的
    鼓声回响

      横波和纵波交织处
      扩音器上
      一罐啤酒

男人们唱完第二首
我浑身上下
已经沾满了音符

    摄影师仿佛
    演奏着什么
    冲着舞台拍个不停

被蓝色空气包围着
紧盯镜头
如杀手一般

乐手吹着银色小号
麦克风的影子
黏在肩膀

音乐会结束
亮起苍白灯光
一瞬间
回到日常

舞台上
电线横七竖八
像五线谱
散落一地

听完爵士
走入地下通道
招揽生意的叫卖
如海啸

    昨夜的爵士
    灼烧着今晨的耳朵
    如顽强的余火

小巷里的猫

碾压蛋壳

碾压

直到"再见"变成毫米级

    周六

    我决定相信"不适指数"

    心情不好

    一定是因为天气太糟

        因为太无聊

        打开了电视

        女人箍紧男人脖子的画面

        映入眼帘

房间的钥匙收纳盒

红色的牛

总是冲我摇头

    就像早晨的报纸

    你的出现

    一天的开始

终于抵达

你正读着文库本等

这一幕让人不甘

每隔两天
就写信给你
为了能够
熬过这季节

　　　　盯住
　　　直到你吃完
　　最后一根意大利面

　　　　　　从自行车筐
　　　　　兴冲冲探出头
　　　　　芹菜的叶子
　　　　　在开心着什么

你总是带着
三脚架和相机而来
今天我们
可否只过二人时光

    对你说过"晚安"
    就算电话不响
    今天也不再介意

跳过天气预报
不管是晴是雨
都不影响心情

大波斯菊
温柔绽放
阳光透过紫色花瓣
像已忘却去年秋天

通往车站的
寻常道路拐角
有人正轻轻地
向邮筒靠近

约好了明天见
立刻心满意足
跌入梦乡

想象着
你正心急如焚赶来
决定再等你一小下

    隅田川
    吹起初冬的风
    河堤小草开始紧张

你喜欢拍摄
载渔人返程的船
我喜欢注视
按下快门的眼神

下午三点半的面馆

炸天妇罗的声音

像是有人窃窃私语

        我问

        "在思考工作的事情吗?"

        你答

        "嗯?嗯。"

              小巷里

              跟白猫对视

              下町♪

              时光的裂纹

♪ 下町是东京的老街区,江户时期多为平民百姓居住的地势较低的区域。

有一句话
藏着没对你说
辣椒叶般不易察觉的苦涩

        孩子们来买的
        点心铺里的绿色汽水
        是售价十日元的梦

站着吃关东煮
呼～呼～吹着
热气对面是你

上野美国街
口袋多多的夹克
非常适合你

买了彩票
打开世界地图
我们的避难所
可以是任意地方

读出 photograph 的婉转
共振着
你的温柔

你的蓝色毛衣

有仪式感地

通过检票口

消失不见

        留成回忆还为时太早

        我看着照片

        辨认当时的表情

换了三次

电视频道

看到三次

"下周再见"

总是两杯美式

发生了一堆想忘记的事情
这个春天
闷头听南方之星

  迎风骑车上坡
  你说"一起去西班牙吧!"
  好
  立刻就去

你用
有着深深生命线的右手
吧唧
往炸猪排上挤了一团酱汁

少女喜欢塔罗

不断重测

直到抽出幸运牌

        星期天

        沿途观战马拉松

        人群中的一对

                点单的时候总是两杯美式

                相爱相杀

                进退不得

用广岛话来说
要么玩弄爱情
要么被爱情玩弄

   一问一答的黄昏
   "再见"这个词
   已经出现

被爱的记忆已经淡薄接近透明
一直独身
总是独身

俵万智（たわら まち）

1962年出生于大阪，毕业于早稻田大学文学系。获奖众多，2023年以在"学术艺术方面有显著成就的人士"被授予紫绶褒章（日本国家级最高荣誉，由天皇颁奖）。

曾获奖项：
角川短歌奖（1986）
现代歌人协会奖（1988）
紫式部文学奖（2004）
若山牧水奖（2006）
诗歌文学馆奖（2021）
迢空奖（2021）
朝日奖（2022）
紫绶褒章（2023）

作者后记

原作+编剧+主演+制片=俵万智的独角戏，也就是这本歌集。衷心感谢读到这一页的您，让我意识到自己还站在舞台上，大幕并没有落下。对我来说，活着就意味着写短歌，写短歌就意味着活着。故事始终在继续，昨天的我，跟明天的我，以短歌相连。

《棒球比赛》荣获第三十一回角川短歌赏第二名，《八月清晨》荣获次年此奖第一名。对我来说，这是非常幸运的开始。从开始创作到现在已经有四年时间。我从这四年里创作的所有短歌中挑出四百余首，组成了今天这本书。从年龄层面来说，这本书汇集了我从二十岁到二十四岁的创作时光。

我和短歌的缘分始于认识佐佐木幸纲老师。犹记得在早稻田大学文学部听老师激情洋溢的讲座，从此深深迷上了短歌。开始了解歌者、阅读歌集，直到成为老师的弟子，开始自己的创作。

如果没有遇到佐佐木幸纲老师，如果老师不是歌者，如果……如果这些假设真的成立，真不知道如今会是什么模样，甚至光想想就很恐慌。这种恐慌，时刻提醒着我"相遇"的珍贵。

相遇是偶然。但持续至今的创作绝非偶然。我选择了短歌作为此生的表达方式。多美妙啊，三十一个字。这是一千三百年前流传下来的"五七五七七"魔法棒。字词一旦放入固定结构，瞬间获得新生，绽放出不可思议的光彩。我极其喜爱那个瞬间。

有人觉得字数限制了表达。我并不这么认为。篇幅短反而有助于创作者丢弃自己内心毫无意义的纠结，砍掉文章的赘肉。五七五七七的网，可以帮你捕捉最核心的灵魂，将之梳理整齐。

删减过程中的紧张感，或者越减越好的充实感，正是短歌的魅力所在。

"你写的短歌太棒了，出本书吧！"某天，河出书房新社《文艺》的编辑长田洋一先生突然发出邀约。以前就有人说"万智是一个经常被幸运之风吹拂的人"，现在我真真切切相信了。有人愿意给我出短歌集了，他是真心的吗？这家公司会不会因为出我的书破产倒闭……充斥在脑海里的全都是这些多余的想法。当然，我最终还是决定把自己交付给这股幸运之风，同时每天都真诚祈祷，希望自己的担忧是多此一举。

为我的独角戏提供舞台的是长田洋一先生。担任导演的是北羊馆的中川昭先生，负责舞台视觉的是菊地信义先生。佐佐木幸纲老师的跋和荒川洋治、高桥源一郎、小林恭二先生的推荐语是祝福花篮。还要感谢田村邦男先生拍摄的封面照片。

大家都是我的贵人，温柔守护着我。感谢总是鼓励我的《心灵之花》杂志的前辈们。伊藤一彦、小纹润……还有很多，在此就不逐一列举名字了。对所有帮助过我的人，特此表示衷心感谢。

独角戏绝非一人之力可为，这一点我有切身体会。每次想到对我施以援手的大家，就不由得热泪盈眶。对我来说，最幸运的风，是跟很多朋友、师长相遇，并且被他们守护。借此新书出版，也由衷希望可以结识更多的人，迎来精彩的相遇。

角川短歌赏的授奖词里有这么一句话："那么，是从此开始，还是到此为止？"当这本书摆在面前时，我又想起了这句话。我愿意一直以"从此开始"为目标,继续努力创作出好的作品。

我喜欢料理,喜欢大海,喜欢写信。超级依赖家庭,却选择了一个人的东京生活。我还很爱哭,胆子超小。稀里糊涂的二十四岁。稀里糊涂的俵万智。我希望能在稀里糊涂的每一天,至少创作出一首短歌。这是努力的目标。

活着就意味着写短歌,写短歌就意味着活着。

一九八七年三月
俵万智